Ann. 1775

Satyre contre les prétendus
Maîtres du goût, Mrs. D'alembert,
Thomas, Condorcet &c. et contre
les Détracteurs de nos bons auteurs
Tragiques.

MON

DERNIER

MOT.

Par M. Clement.

A GENEVE.

M. DCC. LXXV.

MON
DERNIER MOT.

B.

D'où vient que fur foi-même on a fi peu d'empire ?
Savez-vous quel inftinct, en naiffant, nous infpire
Contre certains objets d'invincibles dégoûts,
Que l'art ni la raifon ne peut guérir en nous ?
L'un pâlit à l'afpect de cet infecte agile,
Qui tapiffe les murs de fa toile fragile ;
L'autre, à l'odeur d'un mets digne de le tenter,
Sent, contre l'appétit, fon cœur fe révolter :
Souvent au plus grand bruit une oreille endurcie
N'entend qu'en frémiffant l'aigre cri de la fcie ;
Et Rameau déchiré par un fon difcordant,
Le fourcil hériffé, l'œil de fureur ardent,
Brifoit l'inftrument faux qui faifoit fon fupplice.
Moi, par un même inftinct, & non point par malice,
Je ne faurois fouffrir les efprits de travers ;
Je ne puis de fang-froid ouïr de méchans vers :
J'ai beau gronder fouvent ma naïve franchife,

Dès qu'un Auteur m'ennuie, il faut que je le dife.
Auffi ne fuis-je point l'Auditeur de Belloi,
Depuis qu'aux Spectateurs un Moufquet fait la loi,
Et qu'un Sot affranchi des fifflets du Parterre
Nous force à l'écouter, à fouffrir & nous taire.
Enfin c'eft là l'humeur dont je fuis dominé,
Des mauvais Ecrivains je fuis ennemi né :
Traitez-moi d'homme dur, chagrin & difficile,
Imputez ma franchife aux aigreurs de ma bile ;
Mais envain vos confeils me voudroient corriger :
Ce qu'a fait la nature, on ne peut le changer.

M.

Je vous plains ; car enfin je vois que dans le monde,
Maint Rimeur contre vous déja s'irrite & gronde.
Pour vous peindre, ils n'ont point de crayon affez noir.
Les Brochures fur vous commencent à pleuvoir.
Tantôt quelque Grimaud, en profe, ou bien en rime,
Vous décoche, dans l'ombre, une injure anonime ;
Tantôt de votre nom fe jouant plaifamment,
Un fin Railleur vous nomme un Cenfeur *inclément* ;
Et fi quelques Efprits, amis de la critique,
Applaudiffent par fois à votre humeur cauftique,
Mille autres, qui, craignant les traits que vous lancés,
D'un feul coup à la fois, en fecret, font bleffés,
Elevent, en tous lieux, leurs cris pour vous maudire.
Quel plaifir trouvez-vous à voir qu'on vous déchire !
Cent fois plus redouté de tous nos Beaux-Efprits

Que SARTINE n'eſt craint des Filoux de Paris,
On vous fuit : cependant qu'il feroit doux de vivre
Avec des gens ſi bons, ſi ſages dans un livre !
Ah, combien la vertu doit les unir entr'eux !

B.

Hé ! ſoit ; je les croirai bienfaiſans, généreux ;
Je croirai, s'il le faut, que la vertu les touche,
Et qu'elle eſt dans leur cœur comme elle eſt dans leur bouche,
Je croirai chacun d'eux Philoſophe en tout point,
Et, pour le croire mieux, je ne les verrai point.
Mais comptez-vous pour rien la douceur peu commune
De me voir à l'abri d'une foule importune
D'Auteurs qui, nuit & jour, inſpirés par l'ennui,
Se tourmentent ſans fin pour tourmenter autrui ?
Lemierre, aux durs accords de ſon Apollon Suiſſe,
Ne mettra pas du moins mon oreille au ſupplice.
Dorat ne viendra point, en galant précieux,
Me lire, avec fadeur, ſes vers délicieux,
Où ſans ceſſe il décrit mille faveurs reçues
Des plus rares beautés que jamais il n'a vûes.
Un Financier, jaloux du fauteuil immortel,
Et d'être aſſis au Louvre auprès de Marmontel,
Pour devenir Auteur à prix d'or & ſans peine,
Ne marchandera point mon eſprit ni ma veine,
Et Lacombe, en un mot, ne me viendra jamais
Prier d'être, à ſa ſolde, un menteur par extraits.

M.

Fort bien; mais, dans ce champ d'épine & de fatire,
Où font, pour tant de foins, les fruits que l'on retire?
Defpréaux, tant chéri de Louis, de Condé,
Des Héros de nos jours feroit mal fecondé.
On ne courtife plus les Filles de Mémoire.
Pour briguer leurs faveurs, il faut aimer la Gloire :
La Gloire veut des foins, des exploits, des vertus ;
Et tout cela, pour vivre encor quand on n'eft plus!
Dieu merci! nos Seigneurs ont, dans leurs bonnes têtes,
Des projets plus fenfés & des goûts plus honnêtes.
Voyez-les, à grands frais, par la mode entraînés,
Poffédér, fans defirs, de brillantes Phrynés,
Qui cultivent leurs mœurs avec un zele extrême,
Et prennent à leurs biens plus d'intérêt qu'eux-même.
S'ils veulent toutefois, dédaigneux Protecteurs,
Faire, au bout de leur table, affeoir d'humbles Auteurs,
Qui des bons plats, de loin, dévorant la fumée,
Amufent les laquais de leur mine affamée ;
Ils font venir, par choix, Sedaine, ou Poinfinet,
Toujours pour les Phrynés prêts à faire un couplet,
Vrais Bouffons qui, jouant ou proverbe, ou parade,
Font rire Monfeigneur quand fon Singe eft malade.
Mais favez-vous pourtant de quel malin courroux
Tout un fexe bruyant va s'armer contre vous,
Car il faut qu'en ami de tout je vous inftruife :
Les femmes (qui l'eut cru ?) n'aiment plus qu'on médife.

Leur efprit goûte mieux des Ouvrages profonds,
Des Contes bien moraux, des Opera-Bouffons,
Des Drames, à la fois, & bourgeois & tragiques,
Et les impiétés les plus philofophiques :
Souvent même à l'Auteur d'un Roman libertin
Elles font, en fecret, le plus heureux deftin ;
Mais tout Auteur critique eft sûr de leur déplaire,
Comme Voltaire au Pape, & la Bible à Voltaire.
Par leurs mains cependant tout fe fait bien ou mal.
Les Arts leur font foumis, Phébus eft leur vaffal :
Parmi leurs Beaux-Efprits, elles verfent les graces,
Les pouffent aux faveurs ; aux penfions, aux places ;
Et vous, par votre faute, obfcur & dédaigné,
De toute récompenfe à jamais éloigné,
On ne vous verra point, décoré d'un beau luftre,
Des quarante Immortels groffir la troupe illuftre.

B.

Je ne le cache pas : c'eft un fort affez beau
De s'affeoir à la place où fut affis Boileau ;
Mais, malgré la douceur d'une gloire auffi pure,
Vis-à-vis Saint Lambert, on fait trifte figure,
Et pour vous dire tout à l'oreille, en deux mots,
Je vois fort peu de gloire où je vois tant de fots.
Qu'irai-je y faire ? aux pieds d'une Secte hardie,
Encenfer le Veau d'or de l'Encyclopédie,
Ou m'entendre appeller pédant par d'Alembert,
Si j'ofois préférer Virgile à Saint Lambert ?

Suis-je affez patient pour y fouffrir l'empire
D'un ignorant hautain que le faux goût infpire,
Et pour voir triompher mille fots jugemens,
Dont l'efprit raifonneur fait frémir le bon fens ?
C'eft de ce nid fécond en fchifmes littéraires,
Que fortent, chaque jour, tant de loix téméraires,
De fyftêmes nouveaux, où de fi doctes mains
Veulent au Dieu du goût tracer d'autres chemins.
Là regne un monftre étique, à l'œil creux : fa manie
Eft d'aller, fous la tombe, infulter au Génie :
Les grands noms font en proie à fes jaloux efforts ;
Vil flatteur des vivans, il déchire les morts :
Mégére l'enfanta dans fes cavernes fombres,
Et ce nouveau Cerbere aboie après les ombres.
Quoi ? l'on veut méconnoître un Poëte divin
Dans celui qui chanta le fier Vainqueur du Rhin,
Qui fût, de tant de grace, & de fleurs poëtiques,
Orner de l'art des vers les leçons didactiques,
Et qui, pour un *Lutrin*, variant fes accords,
Des riches fictions ouvrit tous les tréfors
Que n'a pu faire naître, en un champ plus épique,
Des faits du grand Henri le Rimeur hiftorique ?
Un lâche complaifant viendra donc, fans pudeur,
Des deux Rois de la Scene abaiffer la grandeur
Aux pieds d'un Bel-Efprit qui, par-tout, dans fes Pieces,
Riche de leur dépouille, a mis leurs vers en pieces ?
Un Pigmée aura dit : qu'on refpecte ma loi ;

Rousseau, je te défends d'être plus grand que moi!

On osera traiter Crébillon de barbare !

Enfin ce que la France eut jamais de plus rare

Se verra, tous les jours, dans sa gloire, insulté

Par mille impertinens sûrs de l'impunité!

Et moi je ne pourrai, sans qu'on s'en formalise,

Des Charlatans d'esprit démasquer la sottise;

Je ne pourrai trouver d'Alembert précieux,

Dorat impertinent, Condorcet ennuyeux,

Et Thomas assommant, quand sa lourde Eloquence

Souvent, pour ne rien dire, ouvre une bouche immense.

Oh! je veux sur ce point me mettre en liberté.

Se plaigne qui voudra de ma sincérité,

J'ai brisé pour toujours le baillon tyrannique

Qui vouloit, dans ma bouche, étouffer la critique:

(Car aujourd'hui le Pinde a ses tyrans aussi.)

Mais qu'un autre, s'il veut, aille, d'effroi transi,

Courber, sous leur orgueil, un front menteur & lâche,

Moi j'irai, d'un œil ferme, attaquer, sans relâche,

Ces ennemis du goût trop long-tems impunis ;

Et tous, contre moi seul, de leurs coups réunis

Dussent-ils faire ensemble éclater la tempête,

Moi tout seul contre eux tous, je puis leur faire tête,

N'en doutez point.

M.

Voilà parler en vrai Romain,

Au-dessus du péril, au-dessus du destin.

Hé bien ! mon Brave, allez où le goût vous appelle,

Victorieux Martyr d'une cause aussi belle,

En nouveau Curtius, allez-vous dévouer

A la rage des sots que vous voulez jouer.

Encor si vous pouviez, au prix de tant de haines,

Voir au profit du goût fructifier vos peines !

Mais vous aurez beau dire, écrire & raisonner ;

Le talent qu'on n'a pas, le pouvez-vous donner ?

Dites-moi ; ferez-vous un Boileau de R ****,

De la Harpe un Racine, & de Barthe un Moliere ?

Dorat, dont vous blâmez le jargon, en tout lieu,

Va-t-il, à votre gré, devenir un Chaulieu ?

Et par vos bons avis, pensez-vous que Delile

Puisse autre chose enfin que rimer à Virgile ?

Croyez-moi : sans vouloir envain nous réformer,

Au ton de votre siecle il faut vous conformer.

Flattez son goût : on plait sans prendre tant de peine ;

On est charmant, divin, au moins une semaine,

On est prôné, couru, fêté, même à la Cour ;

Et le fat de la veille est le héros du jour.

Quittez donc le vieux goût ; le nôtre est plus facile.

N'allez point vous charger d'un savoir inutile,

Et laissez prudemment Aristote à l'écart,

Tracer sur la raison les préceptes de l'art.

En effet, à quoi bon vous mettre à la torture,

Suivre, plein de scrupule, Horace ou la Nature,

Apprendre à discerner le bon esprit du faux,

Intraitable ennemi de vos propres défauts,
Gothique partisan de regles surannées,
Sur un papier ingrat consumer des années ?
Sans l'esprit du moment, quel suffrage aurez-vous ?
Comment de vos Censeurs surmonter les dégoûts ?
» De Boileau, diront-ils, misérable copiste,
» D'un pas timide, il suit son modele à la piste.
» Si l'un n'eut point raillé ni Pradon, ni Perrin ;
» L'autre n'eut point sifflé Marmontel, ni Saurin.
» Eut-il nommé *la Ligue* une Histoire rimée ,
» S'il n'eut vu par Boileau la Pharsale opprimée ?
» Après tout, son Boileau, qu'il nous a tant vanté,
» Faisoit d'assez bons vers, mais froids & sans gaieté.
» Voltaire seul nous plaît, Voltaire nous amuse,
» Quand du Béguin de Gilles il a coëffé sa muse,
» Et que, dans les accès d'un délire bouffon,
» Il couvre de farine ou Jean-Jacque, ou Buffon.
» Nous aimons son esprit, son riant badinage,
» Lorsque de la dispute égayant le langage,
» Au style des Pédans opposant le bon ton,
» Il traite l'un de *Chien*, & l'autre de *Giton*;
» Et pour se délivrer de tous ses adversaires,
» Dans un vers plein de sel, les envoie aux Galeres ».

B.

Hé mon Dieu ! laissons là Voltaire & ses flatteurs.
Plaignez-moi quand j'aurai de tels admirateurs.

M.

Je plains le trifte fort que pour vous j'envifage ;
Car enfin quel fera votre appui ?

B.

Mon courage.

M.

On criera contre vous.

B.

Je laifferai crier.

M.

Cent bouches vont s'ouvrir pour vous calomnier.
De vos moindres propos on vous fera des crimes :
Vous recevrez par jour vingt billets anonimes.

B.

Je ne les lirai point.

M.

Voulez-vous foulever
Tout un parti puiffant ?

B.

Oui , je veux le braver.

M.

Malheur à qui s'attaque à l'Encyclopédie !
On fait courir foudain , pour noircir votre vie ,

Ceux qui, par *le Bon Sens* (*) inftruits à raifonner,
Vont, aux dépens de Dieu, chercher un bon dîner;
Et ceux qui, chez les Grands épris de leur morale,
En chaffant la vertu font entrer leur cabale.
L'un vous fait féqueftrer fans forme de procès,
Un autre rend fa plainte, & vous traîne au Palais.

B.

J'en appelle au Public qui me fera juftice.

M.

Le Public? c'eft bien dit : comptez fur fon caprice.
Eole eft moins changeant, moins orageux que lui :
Il condamne demain ce qu'il loue aujourd'hui.
Ah! fans vouloir fixer ce Protée indocile,
Libre de tant de foins, vivez heureux, tranquile.

B.

Mais je ne puis dormir fi je ne fais des vers.

M.

Hé bien! Exercez-vous fur cent fujets divers.

B.

Sur tout autre fujet que refte-t-il à dire!

(*) Livre d'Athéïfme.

On a tout épuifé; mais on peut toujours rire.
La fottife eft un fonds qui jamais ne tarit;
Et la Satyre enfin n'aura jamais tout dit.

M.

A de plus doux fuccès animez votre veine.
Entre mille rivaux paroiffez fur la fcene.
Là, des vers, que fouvent le Lecteur eut maudits,
A l'aide de Lekain, font pourtant applaudis.
C'eft là que le talent avec éclat s'annonce.
Ecoutez mon confeil.

B.

Ecoutez ma réponfe.
Un Sanfonnet fiffloit, jafoit fi joliment
Que de tout fon canton il faifoit l'agrément :
Pour l'entendre on venoit d'une lieue à la ronde,
De petits mots piquans il agaçoit fon monde,
Faifoit rire aux éclats ceux dont il fe mocquoit,
Et voyant qu'on prenoit plaifir à fon caquet,
Il ne finiffoit point. Un matin que l'Aurore
Amenoit un beau jour de la faifon de Flore,
Il entend retentir l'ombre épaiffe d'un bois
Des accens redoublés d'une touchante voix;
Le printems & l'amour éveilloient Philoméle.
Sanfonnet s'attendrit; puis veut chanter comme elle;
Il veut, d'un gofier rauque & peu fait à gémir,
Tirer un fon plaintif, un douloureux foupir;

Et bientôt veut chanter, d'une voix éplorée,
Les douleurs de Progné, les fureurs de Térée.
Alors il se rengorge, & d'un œil glorieux,
Demande aux Spectateurs d'applaudir de leur mieux :
Mais on rit, on le huë, on le force à se taire ;
Et quelqu'un lui donna cet avis salutaire :
Sansonnet mon ami, quittez le ton dolent.
Sifflez plutôt, sifflez, c'est là votre talent.

F I N.